마음이 간다

박현정 (가인작가)

이유 없이 네가 너무 좋다

마음 가는   에게

목차

들어가는 글

part 1 어느 누구에게나 찾아오는 인연

part 2 사랑은 항상 아프다

part3 누구나 가지고 싶어 하는 행복

part 4 용기도 선택이다

part 5 누구나 말하는 인생

마치는 글

들어가는 글

마흔이라는 나이가 저에게 찾아올지는 몰랐습니다.

어렸을 때, 부모님은 제가 커서 간호사나 선생님이 되기를 희망하셨습니다. 그런 부모님의 기대와 함께 저는 다양한 직업을 가지게 되었습니다.

20대 간호사.
30대 선생님.
그리고 40대에 저는 또 하나의 꿈,
글을 쓰는 사람을 꿈꾸고 있습니다.

두 아이와 함께 살아가고 있는 삶에서 목표가 있고 꿈이 있다면, 자신이 간절히 바란다면, 그 목표를 향해 나아가는 모습을 보여주는 것도 하나의 교육이라고 생각했습니다. 그 마음을 놓치지 않으려고 지금껏 노력하며 살아왔습니다.

함께해서 좋았던 추억들.

나로 인해 행복했던 시간들.

아련한 첫 시작부터 지금까지, 나를 성장하게 만든 건 경험이었습니다. 여행하는 것을 좋아하고, 사진 찍는 것도 무척 좋아합니다. 「마음이 간다」는 기억하고 싶은 곳을 사진과 함께 정리하여 만든 소소한 책입니다.

한 번쯤은 나와 같은 생각을 하지 않았을까,라는 마음으로 틈틈이 쓴 글을 모아 부끄럽지만 세상 밖으로 내보냅니다. 함께 웃고, 함께 울고, 함께 마음 나누었던 추억을 이 한 권에 담았습니다.

같은 공간, 함께한 장소가 있다면 공감해 주시고, 「마음이 간다」를 읽는 동안만이라도 힐링 되는 시간이기를 희망해봅니다.

박현정 (가인작가)

part 1

어느 누구에게나 찾아오는 인연

좋은 사람

좋은 사람은 다시 오지 않습니다.
내 마음 가는 대로
내 마음 생각나는 대로
내 마음 알아주는 사람이
나에게 좋은 사람입니다.

더 좋은 사람은 없습니다.

지금 옆에 있는 사람이
가장 좋은 사람입니다.

잊지 마세요.

서로 인연이라는 것을 알게 되면

어느 날 알게 되었습니다.

인연은 인생의 한 부분이라는 것을.

행복도 추억도 아닌

잠시 바람처럼 왔다 가는 것을.

이별하고 나서 인연이었다는 것을 알게 되는 것은

잠시였더라도 너무 안타까운 일입니다.

혼자만 인연이라고 생각하다가
이별 뒤에 그 사람도 같은 마음이었다는 것을 알게 되는 것은
너무 슬픈 일입니다.

인연이라는 것을 확인하는 사이에
그 인연은 또 다른 인연으로 떠나가 버릴 수도 있습니다.
인연이라면 서로를 알아봐 주세요.

당신을 사랑합니다

뒤를 돌아보지 않고 앞도 바라볼 시간 없이
마냥 흘러가는 세월에 어느덧 중년을 바라보고 있습니다.

생각만 해도 가슴 벅찬 당신.
당신은 내 인생의 최고의 선물입니다.

사랑 병에 걸려 하루에 수백 번씩 핸드폰을 만지작거리고
당신이 있는 곳에 달려가고 싶고,
안아주고 싶습니다.

당신을 향한 이 사랑 병도 언젠가는 나아지겠지만
평생 치유되지 않아도 좋은 병이 사랑병 일지도 모릅니다.

새벽잠에 어김없이 눈이 떠지지만 더 자고 싶은 마음보다
빨리 해가 뜨길 바라는 것도 행복한 사랑병이겠지요?

근심 걱정 없이 옆에 누워 편히 잠들 수 있는
수면제 같은 사람이 되어주고 싶고,
눈을 뜨면 서로에게 행복의 시작이 되는
꼭 필요한 사람으로 기억되고 싶습니다.
당신을 사랑합니다.

비우고 채우고

사람들은 쉽게 잊어버립니다.
아팠던 기억도
좋았던 기억도
행복했던 기억도
모두 잊어버립니다.
다시 시작하는 사랑에서
잊어버린 아픔이 시작되고
잊어버린 슬픔도 시작되고
잊어버린 행복의 시간도 다시 시작됩니다.

흐르는 물도 외로워 물고기와 함께하고
굳은 땅의 흙도 외로워 나무들과 함께하고
하늘에 떠도는 바람도 외로워 구름과 함께하고
맑고 거짓 없는 하늘도 외로워 별과 함께합니다.
아픔을 잊어버린 사람도 외로워 다시 사람과 함께합니다.
우리는 사람으로 인해 아픔과 슬픔,
행복과 불행을 비우고 채워갑니다.

행복의 조건

건강

돈

사랑

마음의 평화

운동

지혜

품위

권력

부귀영화

입신양명

가치관

대인관계

자신의 내면

당신의 행복 조건은?

소중한 사람

눈을 감고 가슴에 담아봅니다.

소중한 사람의 눈

소중한 사람의 코

소중한 사람의 입술

소중한 사람의 마음까지

영원히 간직하고 싶습니다.

친구

항상 나를 걱정해주는 사람

나의 일이 잘되어 갈 때 진심으로 행복해하는 사람

내가 경험한 것을 알고 있는 사람

나와 경쟁하지 않는 사람

나에 대한 진실을 솔직하게 말해주는 사람

나의 일이 뜻대로 안 될 때 위로해주는 사람

이야기하지 않아도 눈빛으로 알고 있는 사람

나를 항상 응원해주는 사람

나를 가장 아껴주는 사람

오늘 무척 보고 싶습니다.

빛으로

당신은 나의 빛입니다.

매일 나는

그 빛 안에서

당신의 안부를 묻습니다.

내가 가장 빛날 때마다,

당신이 내 곁에 함께 있었으면 참 좋겠습니다.

당신과 나

나에게 당신을 맞추느냐
당신에게 나를 맞추느냐
답은 없습니다.

둘 중 한 사람이 비우지 않는 한,
둘 중 한 사람이 배려하지 않는 한,
둘 중 한 사람이 이해하지 않는 한,
둘 중 한 사람이 포용하지 않는 한,
둘 중 한 사람이 용서하지 않는 한,
답은 없습니다.

우리가 되기 위해
오늘은 내가 먼저
당신에게 손을 내밀어봅니다.
나와 다른 당신.
당신과 다른 나.

서로가 서로를 인정하면 우리가 될 수 있습니다.

나의 손을

당신의 손을

마주 잡는 순간

'당신과 나'는 '우리'가 됩니다.

짝

수저

신발

반지

사람

혼자 있어 외로워 보이는 것은

모두 짝이 필요합니다.

인연

당신은 이야기했습니다.
우리는 인연이라고.

이유 없이
보고 싶고,
생각나고,
웃음 나고,
궁금하고,
그냥 이유 없이 좋은 것이
인연이라고 했습니다.

좋다

외모보다는 마음을 읽을 줄 아는 사람이 좋습니다.

적극적인 삶을 살아갈 줄 아는 사람이 좋습니다.

자신의 잘못을 시인할 줄 아는 사람,

용서를 구하고 진정으로 용서할 줄 아는 사람이 좋습니다.

가장 따뜻한 옷

가장 따뜻한 옷은
사람이래요.
마음이 외롭거나 힘들 때
옆에서 안아주면 힘이 나요.

가장 따뜻한 옷은
사람이래요.
내가 춥다고 이야기했을 때
옆에서 안아주면 힘이 나요.

세상에서 가장 따뜻한 옷
'당신'이에요.

참 좋은 사람

당신 때문에 행복해
하는 사람이 있습니다.
당신 때문에 살맛 난다고
하는 사람이 있습니다.
당신이 있어 위안이 되고
감사해 하는 사람이 있습니다.

당신은 누군가에게
힘이 되어 주는 소중한 사람입니다.
당신은 참 좋은 사람입니다.

빗방울

떨어지는 빗방울만큼
당신 이름을 불러 보고 싶습니다.

떨어지는 빗방울만큼
당신 마음속에 바다가 되어 보고 싶습니다.

떨어지는 빗방울만큼
당신과 아름다운 추억을 만들고 싶습니다.

오늘의 일기

하루.

일주일.

일 년.

많은 것을 하고 싶고 남기고 싶습니다.

생각하는 대로 내 맘에 들어오는 않는 건

아직도 내가 많이 부족해서인가 봅니다.

좋아하는 일을 마음껏 해보지 못했고

좋아하는 사람에게 고백도 해보지 못했고

하고 싶은 일도 많은데

시간은 나를 기다려 주지 않습니다.

욕심이 너무 많은 걸까요?

누군가와 아침저녁으로 인사를 나누는 사소한 시간으로

또 다른 행복을 만들고 싶습니다.

지금 느끼는 이 행복한 시간을 오래도록 간직하면서

기다려 주지 않는 시간을 떠올려봅니다.

나는 좋습니다

어디 가도 빛이 나는 사람이 있습니다.
명품 가방을 걸치고
얼굴 하나하나 고치고 치장해서 빛나는 사람이 아닌
얼굴에서 빛이 나고
행동 하나하나에 예의가 묻어나는
그런 사람이 나는 좋습니다.

멋진 자동차와 권력으로 허풍을 부리는 사람보다
대중교통 잘 설명해주고
하나하나 진실된 마음으로 다가오는 그런 사람.

나는 그런 사람이 좋습니다.

해 달 별

언제나 당신은 나에게 해처럼
언제나 당신은 나에게 달처럼
언제나 당신은 나에게 별처럼
해맑게 웃어주고
빛나게 웃어주고
반짝거리며 웃어주었습니다.

그런 당신이 언제부터
내 가슴에 들어와 사랑이 되었습니다.
해 달 별
당신을 사랑합니다.

해의 뜨거움으로
달의 따뜻함으로
별의 가득함으로
나도 당신의 해 달 별이 되어 줄게요.

해처럼

달처럼

별처럼

당신을 사랑합니다.

배움

항상 다니는 봉사 활동이지만 새로운 사실을 배울 때가 많습니다. 의사소통이 전혀 되지 않아 마음으로 대화를 나누는 경우가 많습니다.

모든 사람에게 그런 것은 아니지만 하나의 새로움을 배우려고 할 때 여러 가지 생각이 머릿속에서 스쳐 지나갑니다.

'나는 아직 많이 어리고 성장해야 하는구나'
'나는 저기 밑에서부터 다시 배워야 하는구나'

아픈 상처로 가득하다고 생각했던 아이들이 나보다 더 어른처럼 보이고, 희망을 가지고 끈기 있게 도전하는 아이들의 용기와 열정이 내 모습보다 더 아름답게 느껴집니다.

이렇게 또 하루를 배워나갑니다.

part 2

사랑은 항상 아프다

상처와 사랑의 방정식

눈에 보이는 상처는 언제든 치료해 줄 수 있습니다.

하지만 마음에 있는 상처는 보이지 않아

치료해주기가 쉽지 않습니다.

우리가 힘들어하는 이유는

마음에 있는 상처가 보이지 않을 때입니다.

그 사람의 상처를 치료해줄 수 없을 때

더 아프고 힘이 듭니다.

그 사람이 나의 상처와 사랑으로 다가왔을 때

더 아프고 힘이 듭니다.

때로는 사랑이 아픔이 되기도 합니다.

사랑이 오히려 상처가 되기도 합니다.

그랬을 뿐이었다

그저 좋아했을 뿐이었습니다.

그저 행복했을 뿐이었습니다.

그저 마음을 주었을 뿐이었습니다.

그저 사랑하게 되었을 뿐이었습니다.

어느 누구의 잘못이 아닌

그저 당신과 나의 선택이었을 뿐이었습니다.

그것이 잘못되었다고

아무도 말할 수 없습니다.

그저 당신과 나의 선택이었을 뿐이었습니다.

알 수 있는 사랑

정말 사랑하는 사람이라면
눈빛만 보아도 알 수 있습니다.
서로 말하지 않아도
사랑이라는 단어를 말하지 않아도
알 수 있습니다.

사랑이
늘 애틋해야만 보이는 것은 아닙니다.

사랑은 곱셈이다

어느 식당에서 본 문구였다.

아무리 기회나 사랑을 주어도

내가 '0'이면 배가 될 수 없다.

사랑도 행복도 내가 '0'이 아니어야 한다.

베풀고 나서 베푼 만큼 바라지 않는다면

사랑은 배로 돌아온다고 합니다.

내가 1이면

당신은 2

내가 2이면

당신은 4

우리의 사랑도

내 인생도

곱셈이 되었으면 좋겠습니다.

기억이란 상처

함께 나누었던 대화

함께 했던 추억

'함께'가 가끔은 상처가 되기도 합니다.

한 남자의 사랑

한 남자가 저를 위해 울고 있어요.
제가 준 사랑을 몰랐다가,
뒤늦게 사랑이라는 걸 알았나 봅니다.

며칠째 만날 때마다 웁니다.
사랑이라는 걸 너무 늦게 알아서 미안하다고 합니다.
그래서 더 마음이 아픕니다.

늘 뒤늦게 사랑을 알게 되는 이유가 뭘까요?

이 사랑 어떻게 해야 할까요?
가슴에 그냥 담아야 하는 걸까요?

이 사랑 어떻게 해야 할까요?
사랑, 참으로 쉽지 않습니다.

사람

사랑의 의미

글자는
쓰는 사람의 감정과
읽은 사람의 감정에 따라
내용과 의미가 달라집니다.

마음과 마음

눈빛으로 알 수 있습니다.

좋아한다는 마음.

웃음으로 알 수 있습니다.

행복하다는 마음.

표정으로 알 수 있습니다.

격려하고 있다는 마음.

잊지 않을게요.

저에게 주신 마음.

"바빠요? 바빠?"

아침 인사 후 점심시간이 지나도록

문자 하나 없습니다.

"바빠요?"

물었더니

"이야기하세요"라고 대답합니다.

"제 생각 하시라고 문자 넣었어요"

"바빠요?"

이렇게 문자 보내놓으면

잠시나마 제 생각 하시겠지요?

처음처럼

우리 처음 만났을 때

밝은 미소처럼,

처음처럼,

서로에게 바라지 않는 마음으로 사랑하고 싶습니다.

처음 여행을 다녀오고

그 순간 행복했던 느낌 그대로

언제나 아름답게 사랑하고 싶습니다.

욕심부리지 않고

변질되거나 퇴색하지 않고

처음처럼만

사랑하고 싶습니다.

미안합니다

미안합니다.
당신을 자꾸 생각해서
미안합니다.
당신을 너무 좋아해서
미안합니다.
내 욕심이 커지는 것 같아서
미안합니다.
오늘 왜 자꾸 미안한지 모르겠습니다.

미안합니다.
미안합니다.

사랑의 모양

보고 싶습니다.

보고 싶습니다.

동그라미가 자꾸 커져만 갑니다.

고마운 당신

모든 걸 다 내려놓고 싶다고 말할 때,

너무 멀리 쉬지 않고 달려왔다고

이제 좀 내려놓고 싶다고 말했을 때,

가만히 귀 기울여 주는 당신 덕분에 포기하지 않았습니다.

세상 누구 하나 내 편 같지 않아 고독을 느낄 때

당신의 얼굴이 그렇게 따뜻한

위로가 될 줄은 몰랐습니다.

내 이야기에 귀 기울여주는 당신이 있어

오늘 더 많이 고맙습니다.

당신 같은 친구가 있어서 참 다행입니다.

그대 웃음

당신을 잠깐 만났는데도
나뭇잎 띄워 보낸 시냇물처럼
이렇게 긴 여운이 남을 줄 몰랐습니다.
보고 있는데도 자꾸 보고 싶어
한참을 바라보다 웃고 말았습니다.
이렇게 좋은 줄 알았으면
조금이라도 빨리 만났으면 좋았을걸.
행복해서 웃는 그대 모습이
자꾸 생각나는 밤입니다.

사랑의 열쇠

내가 가지고 있는 열쇠는
모든 것을 열 수 있는 열쇠입니다.
하지만 아직
한곳을 열지 못하고 있습니다.
당신 마음속에
내가 들어갈 수 있는 공간,
그 공간의 열쇠를 아직 찾지 못했습니다.

당신 마음에 꼭 맞는 사랑의 열쇠를 찾고 싶습니다.

속삭이는 바다

조용하고

잔잔한 은빛 바다는

보고만 있어도

힐링이 됩니다.

바다가 햇빛을 보고

반짝이며 이야기하는 것이

사랑을 속삭이는 듯합니다.

그런 바다가 너무 아름답습니다.

나에게도 바다 같은 사람이 있었으면 좋겠습니다.

혼자인 나

기쁠 때도 혼자
즐거울 때도 혼자
행복할 때도 혼자

슬플 때도 혼자
아플 때도 혼자
외로울 때도 혼자
울고 싶을 때도 혼자였던 나.

기쁠 때도 둘
즐거울 때도 둘
행복할 때도 둘

슬플 때도 둘
아플 때도 둘
외로울 때도 둘
이젠 혼자가 아닌
둘이 되고 싶습니다.

차갑지가 않다

내 몸을 감아 쓸고 가도
한겨울 바닷바람 차갑지가 않습니다.

바다 한가운데 서 있어도
한겨울 바닷바람 차갑지가 않습니다.

끝도 없이 거센 파도를 몰고 와도
한겨울 바닷바람 차갑지 않습니다.

내 마음 당신으로 가득 차
한겨울 바닷바람 차갑지 않습니다.

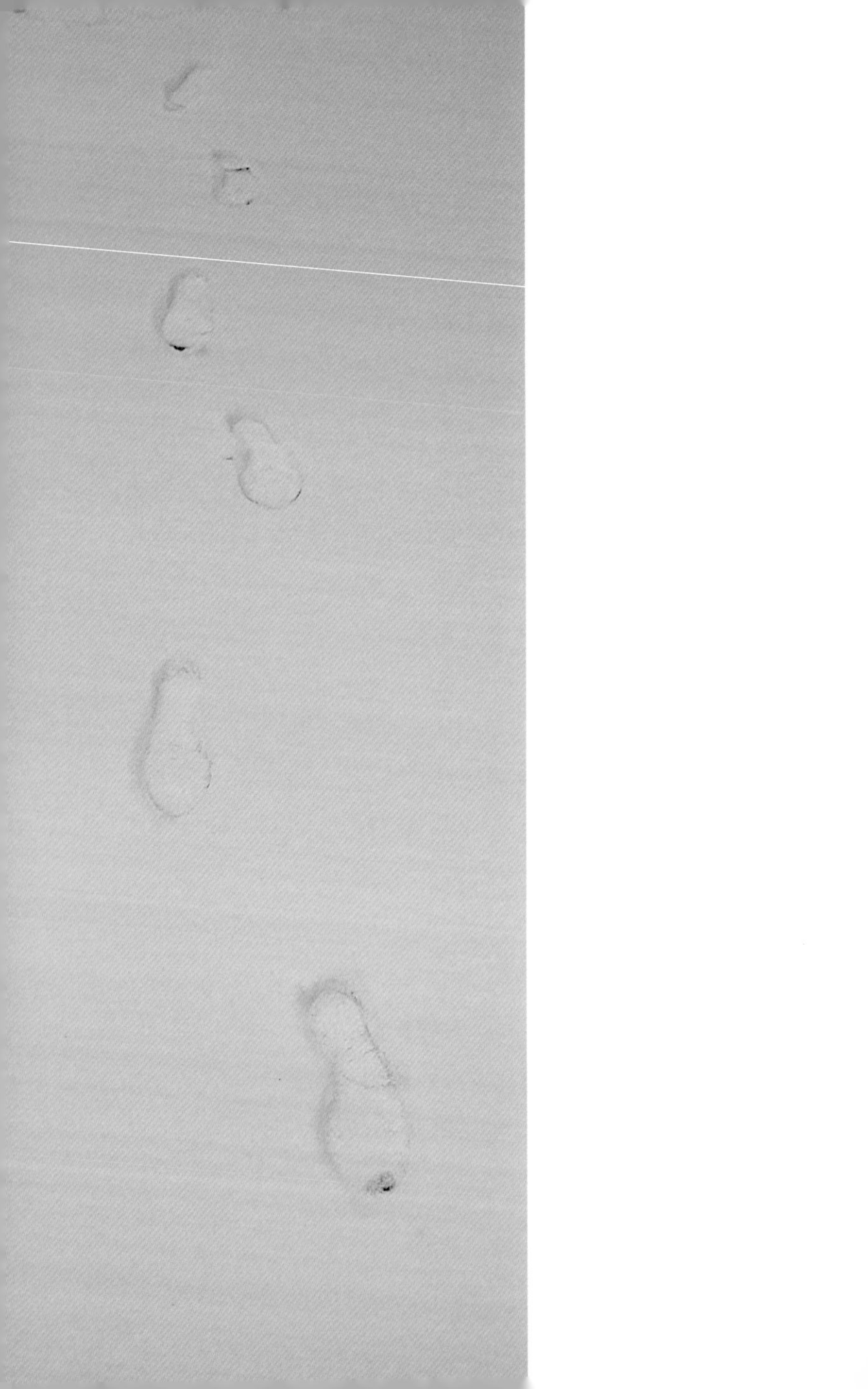

발자국

내 마음속 가득 눈을 채워 봅니다.

하얀 눈 위에 두 개의 발자국.

서로를 위한 마음이 느껴집니다.

말하지 않아도 전해지는 그 마음.

늘 감사하고 고맙습니다.

새해

새해 첫날
아침 태양이
샛노랗다.

새해 첫날
설레는 마음
샛노랗다.

새해 첫날
보고 싶은 당신
얼굴 샛노랗다.

새해 덕담

"네 마음속에 평생 사랑 주머니 달고 다녀라.
언제나 따뜻한 사랑 가득 채우고
사랑에 굶주린 사람 만나거든 나누어 주거라.
어디서든, 언제든지, 항상"

새해 아버지 덕담에 와락 눈물이 쏟아집니다.
어디서든 사랑 나누어 주는 사람 될게요.
오래오래 곁에 있어 주세요.
아버지

어린 왕자처럼

어린 왕자 책에서 여우가 어린 왕자에게 그러잖아요.

“너와 나 사이에 의미를 갖게 되면,
그 순간부터 모든 게 달라진다”라고.
그저 평범한 수많은 것들 중 하나에 불과했지만
서로가 서로에게 길들여지고 의미를 갖게 되면서
세상에서 유일한 존재가 된다고 말하죠.

평범한 나와 당신이 만나
서로에게 길들여지고 의미를 갖게 된다면
우리도 세상에서 유일한 존재가 될까요?

어린 왕자처럼.

나에게

어제도 나에게 당신이 말했습니다.
오늘도 나에게 당신이 말했습니다.
내일도 나에게 당신이 말하겠지요?

“당신을 사랑하렵니다”

심쿵

'보고 싶음'

짧은 단어 속에서

내 가슴은 뭉클거립니다.

하루에도

'몇 번씩 내려놓자'라고 다짐하면서도

'보고 싶음'이라는 문자에 마음을 내려놓지 못합니다.

'가겠음'이라는 단어가 너무 행복하지만

만나면 보내고 싶지않는

무서운 내 마음 때문에

쉽게 그대 곁에 다가가지 못합니다.

이 밤 그대가 보고 싶습니다.

'보고 싶음'이라는 문자를 받고 싶은 밤입니다.

사랑 편지 "봄"

그대와 함께한 기분 좋은 봄

그대와 함께한 행복한 봄

그대와 함께한 즐거운 봄

그대와 함께해 웃음이 나오는 봄

그대와 함께여서 더 소중한 봄

아픈 사랑

사랑은 배워서 하는 것이 아니라
살아가면서 배우는 것입니다.
좋은 사랑을 하고 싶다면,
많이 아파봐야 한다는 말이 있지요?

지금 아프다는 건, 어쩌면
좋은 사랑을 만들어 가고 있다는 증거일지도 모릅니다.

그대 기억 속에

언젠가

당신이 나를 떠올렸을 때

'기억에서 지우고 싶은 한 사람'이 아니라

'항상 그림자처럼 내 주위를 살펴준 사람'으로

아름답게 기억되었으면 좋겠습니다.

사랑 하루

'세월 이기는 장사 없다'라는 말처럼
이제는 흘러가는 시간이 무섭습니다.
내가 그대를 사랑할 수 있는 시간이 얼마나 될까요?

매일 아침 눈을 뜨면
하루 한순간이 아쉽고,
하루 한순간이 소중하고,
하루 한순간이 즐겁고,
하루 한순간이 감사합니다.

하루 한순간
늘 당신이 있어
오늘도 소중하고 행복하게 하루를 보냅니다.

이대로의 나

아무도 나를 이해하지 못해도
나는 나를 사랑합니다.
안타깝고 답답하게 느껴져도
나는 나를 사랑합니다.
어디에서 인정받지 못해도
나는 나를 사랑합니다.

같이 걷자

사랑이란
함께 걷는 것입니다.
멀리 달아나지 않고,
뒤로 물러서지 않고,
같은 곳을 바라보며,
나란히 걷는 것입니다.

그리움

매일 저녁 창가를 두드리는 빗소리가

당신을 생각나게 합니다.

유리창에 하나하나 튀어 들어오는 빗방울 보며

당신과 행복한 시간을 함께 보내고 싶습니다.

욕심이 과한 걸까요?

불러 보고 싶은 이 마음.

당신과 함께하고 싶은 이 마음.

당신이 참 그리운 날입니다.

선물

이 넓은 세상에서
당신을 만난 건
너무나 소중한 선물입니다.
많고 많은 사람 중에
어떻게 내게 왔을까요?

늘 웃는 당신
늘 바라봐 주는 당신
늘 걱정하고 격려하는 당신
내 가슴을 뛰게 하는 당신
내 심장을 뛰게 하는 당신

세상 무엇과도 바꿀 수 없는 소중한 선물입니다.

그때는 몰랐습니다

세상을 혼자 살아간다는 것은
너무 쓸쓸한 일입니다.
무심코 불어오는 찬바람에도
몸서리치게 추운 것이기에
어쩌면 세상을 혼자 살아간다는 것은 오만인지도 모릅니다.

그리워할 수 있을 때 그리워해야 합니다.
사랑할 수 있을 때 사랑해야 합니다.
아물지 못한 묵은 상처를 주절주절 뱉어내어야 합니다.
못 견디게 보고픈 사랑도 찾아보아야 합니다.
함께 행복한 것이 얼마나 소중한지
그때는 몰랐습니다.

물처럼 흘러가자

물은 다툼이 없습니다.

흐르다 돌이 있으면 비켜 가고

길 따라 오직 한곳으로 흘러 갑니다.

내 마음도 물과 같습니다.

당신이 바라보는 곳으로

당신이 있는 곳으로 흘러갑니다.

흐르고 흘러 종착지인 바다에 도착한 물처럼,

당신을 향한 나의 종착지가

당신의 마음이길 바랍니다.

하늘바라기

항상 하늘을 올려다보며
당신을 생각합니다.

문득,
오늘은 내가 하늘이 되고 싶습니다.

당신이 어디선가 하늘을 올려 다 볼 것 같아서.

part3

누구나 가지고 싶어 하는 행복

나에게 온 선물
나에게 행복을 줘서 고맙습니다.

나에게 온 선물

이 세상
나에게 찾아온 울음소리를
저는 눈물로 반겼습니다.
고귀함으로
사랑으로 만난
나의 소중한 두 보물.
나에게 온 이 선물을
아끼고 사랑하며
행복을 만들어 가겠습니다.
나에게 온 선물
나에게 행복을 만들어 줘서 너무 고맙습니다.

달빛 바다

달빛이 비치는 바다가 너무 좋습니다.

바다의 향기도.

파도의 소리도.

내 삶 안에 바다가 함께 동행하는 게

나는 너무 좋았습니다.

이 순간 나는 너무 행복합니다.

사랑하는 친구와

사랑하는 아이들과

사랑하는 사람과 함께 하는

달빛 밤바다가 나는 너무 좋습니다.

행복

꼭 행복을 만들기보다는 나의 주위에
내 마음이 필요한 사람은 없는지
잠시 살펴보는 하루가 되었으면 합니다.

조그마한 행복을 느낄 때
감사하는 마음이 생기는 것처럼,
반복되는 삶에서
조그마한 행복을 필요한 사람이 없는지 살펴보는 것은
나에게 사소하지만 작은 행복입니다.

행복 습관

66일의 법칙이 있습니다.

나쁜 습관도 66일이 지나면 바뀔 수 있다고 합니다.

나의 잘못된 습관이나

내가 하고 싶은 목표를 향해 습관을 고치는 것은

절대 쉬운 일은 아닙니다.

행복도 습관입니다.

내가 행복하다고 항상 생각하면

행복은 항상 내 편에 있을 것입니다.

행복 습관

행복을 연습하기 위해

오늘도 나는 글쓰기에 도전합니다.

기분 좋은 인사말

"고맙다"라는 말을 많이 하게 되면
고마운 일이 정말 많이 생기고
"즐겁다"라는 말을 많이 하게 되면
즐거운 일이 정말 많이 생기고
"감사하다"라는 말을 많이 하게 되면
감사한 일이 정말 많이 생기고
"행복하다"라는 말을 많이 하게 되면
행복한 일이 정말 많이 생깁니다.

오늘 당신은 어떤 인사로 하루를 시작하셨나요?

당신을 처음 본 날

처음 당신을 보았을 때
웃음이 참 좋았습니다.
한마디의 말에도
기쁨의 웃음,
따뜻한 배려가 있어
오래 만난 친구처럼
마음이 편했습니다.
어떠한 조건이나 격식 없이
있는 그대로 보여 주는
솔직함과 진솔함이
참 좋았습니다.

당신의 모습과 웃음을 닮아가고 있습니다.

감사합니다

감사합니다.
같은 하늘 아래 있어서

감사합니다.
내 마음 같아서

감사합니다.
늘 웃어줘서

감사합니다.
소중한 사람이 되어 줘서

감사합니다.

행복 씨앗

알고 계시죠?

행복의 씨앗을 뿌리면

행복의 열매가 맺히고

불행의 씨앗을 뿌리면

불행의 열매가 맺혀요.

당연히 행복의 씨앗을 뿌리셨겠죠?

행복의 씨앗을 뿌릴 때마다

"사랑해" "사랑해"라고 속삭이면서 뿌리세요.

행복의 열매 속에 당신의 사랑이 두 배로 맺힐 거예요.

행복씨앗

다음에는 당신과 함께 뿌리고 싶습니다.

혼밥, 혼술

요즘 어딜 가도 익숙한 집들이 많이 생겼습니다.

혼밥

혼술

어떻게 보면 외로워 보입니다.

그런데 알고 있나요?

혼밥

혼술

외로워 보여도 절대 혼자가 아니랍니다.

그 안에도 행복은 존재합니다.

혼밥, 혼술

저도 좋아합니다.

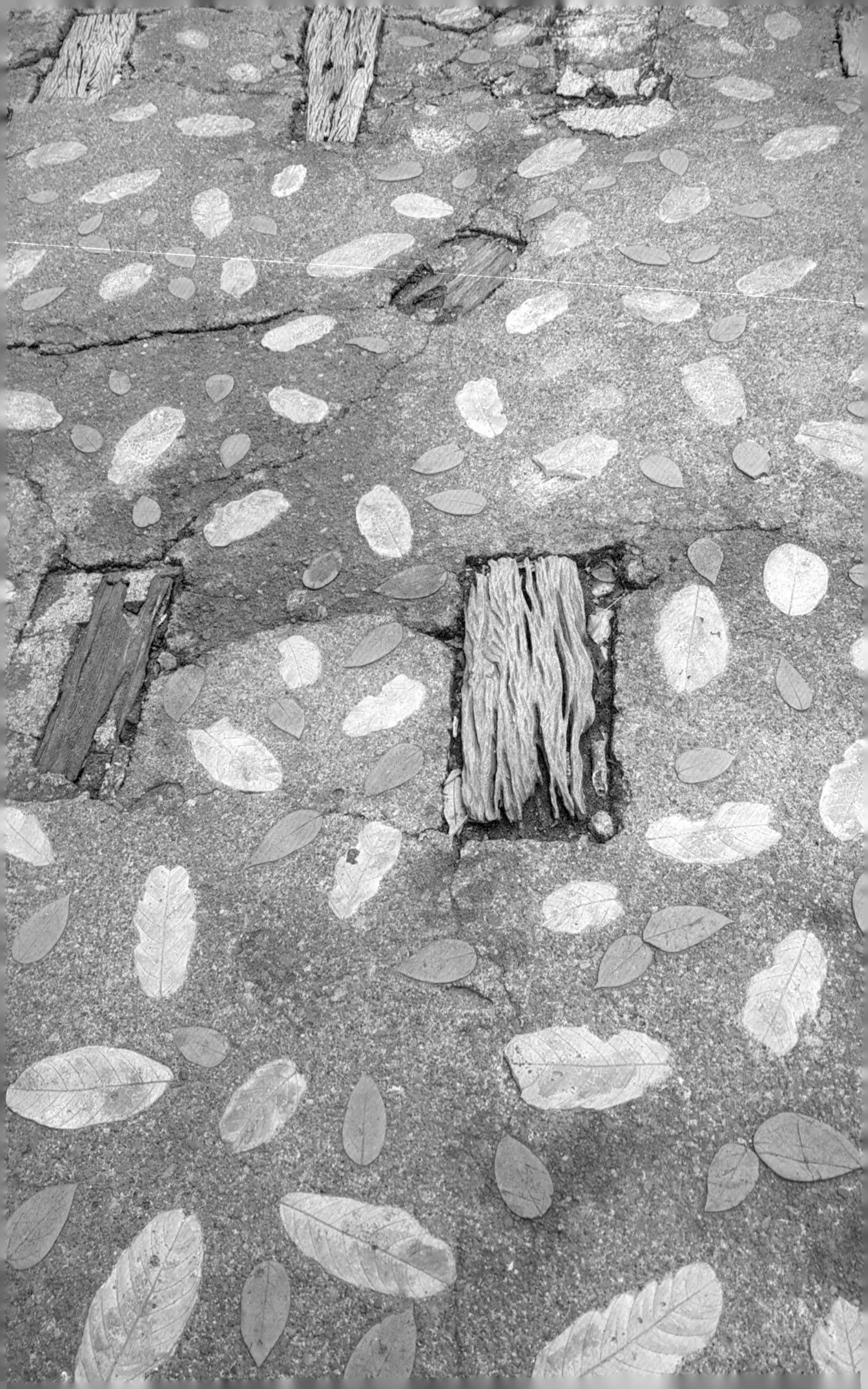

나뭇잎처럼

한 잎

두 잎 떨어져 쌓여가는

나뭇잎처럼

나도 그대 마음 안에 쌓여가고 싶습니다.

참 좋다

매일 봐도

또 보고 싶은 당신이 참 좋습니다.

그대와 마주하는

시간이 즐겁습니다.

은은한 커피 향과 함께

내 마음에서 그대를 꺼내보는

시간도 참 좋습니다.

행복한 생각을 만들게 해주는

당신이 있어

오늘도 참 행복합니다.

무소유

무소유는

'아무것도 소유하지 않겠다'라는 의미가 아니라,

'가지고 있는 것에 대해 집착하지 않겠다'라는 의미입니다.

아니다 싶을 때 버리고 떠날 수 있어야 진짜 자유인입니다.

내 삶에 필요한 것

가장 소중한 것 찾기

소중한 것 지켜내기

행복한 일 찾아서 하기

나 자신 먼저 사랑하기

나의 존재

나는 누군가로 인해 빛나는 존재가 아닙니다.

스스로도 충분히 당당하고 빛나는 존재입니다.

그걸 깨닫는 순간부터 더 이상 혼자인 내가 싫지 않습니다.

누군가와 같이 있어 행복한 것이 아니라

스스로 행복해야 진짜 행복한 것입니다.

오늘도 나는 혼자 있는

나의 시간을 즐기며,

나를 사랑하기 위해 노력하고 있습니다.

나의 행복

행복이 무엇일까?

늘 궁금했는데

이제 조금 알 것 같습니다.

함께 좋은 음식을 먹고,

함께 좋은 차를 마시고,

함께 좋은 곳을 여행하고,

함께 좋은 추억을 쌓고.

이런 사소함이

행복이었습니다.

내가 생각하는 것을

당신도 함께 생각하고 있다는 사실이 느껴질 때

가장 큰 행복을 가졌다고 생각합니다.

당신을 만나 하나씩 행복을 배워 가고 있습니다.

바라는 거 없이

바다를 보면 기분이 좋습니다.

바다가 나를 좋아하는 게 아니라

내가 바다를 좋아하기 때문입니다.

산은 그냥 산이고

바다도 그냥 바다이고

하늘도 그냥 하늘일 뿐입니다.

내가 바다를 보고 기분 좋은 건

바라는 것이 없기 때문입니다.

내가 산을 좋아하는 건

바라는 것이 없기 때문입니다.

내가 하늘을 좋아하는 건

바라는 것이 없기 때문입니다.

오늘 하루

좋은 일만 기억하며 지낼 수 있는

'오늘 하루'였으면 좋겠습니다.

인간미 물씬 풍기는

'오늘 하루'였으면 좋겠습니다.

'행복했다'

'잘했어'

라고 말할 수 있는

'오늘 하루'였으면 좋겠습니다.

행복이란

행복은 가까이 있습니다.

뒤에,

옆에,

앞에,

당신 곁에.

살아보니 별거 아니었습니다.

누군가와 기분 좋은 아침을

함께 시작하는 것.

그것이 행복입니다.

선택의 연속

삶은 선택의 연속입니다.
선택을 통해 잃는 것도 있지만
얻는 것도 있습니다.
잃는 것에 연연하지 않고,
얻는 것에 감사하는 마음을 가지면서
행복을 만들어 가야 합니다.

삶은 선택의 연속입니다.
선택에서 혹여나
잘못된 길을 가더라도 스스로 용기를 북돋아주며
그 선택이 가장 최선이었다는 것을 믿어줘야 합니다.
선택에 정답이 따로 정해져 있지 않습니다.

당신과 함께

아주 오래 당신과 함께였으면 좋겠습니다.
함께 나이를 먹어가면서
많은 추억을 쌓기 위해
행복한 고민을 하고 싶습니다.
가슴 설레었던 그 시절을 떠올리며
모두가 부러워하는 일은 아니더라도
소소하게 행복한 시간을 보내며
하루하루 재미있게 살아보고 싶습니다.

당신과 함께한 추억
당신이 바라던 바람
당신이 나에게 했던 다짐들
함께 한 소중한 추억들로
행복한 하루하루를 만들어 가고 싶습니다.
아주 오래 당신과 함께였으면 좋겠습니다.

행복의 조건

나도 남들처럼 행복해질 수 있을까?
나는 이미 모든 게 늦어서
행복해질 수 없을 거라고
생각하며 지낸 것 같습니다.
그런데 가만히 생각해보니
행복해질 수 없었던 이유가
남들의 행복을 따라가려고 했기 때문이라는 것을 알게 되었습니다.
좋은 시간
좋은 추억
삶의 하루하루를 있는 그대로,
나는 '나대로' 행복하면 되는 건데 말입니다.

행복의 조건
그 어떤 사람보다 지금 내가 제일 행복한 것이 먼저입니다.
있는 그대로를 받아들이면 행복해집니다.
나는 지금 참 행복합니다.

part 4

용기도 선택이다

마음이 간다

이유 없이 너를 보면 자꾸 마음이 간다.

내가 싫을 때

살아가면서 나 자신이 싫어질 때가 있습니다.
너무 부끄러울 때
너무 힘들 때
너무 외로울 때
너무 슬플 때
어쩔 수 없는 약속 장소에서
만남을 유지하고 있을 때
마음과 겉이 너무 다르다는 사실에 가끔 놀라곤 합니다.

사회생활을 하는 사람들은 누구나 한 번쯤 겪는 일입니다.
싫고 힘든 자리이지만
꼭 그런 자리에 한 번씩 서 있게 됩니다.
원하는 곳을 가기도 하지만
원하지 않는 곳에 가게 되기도 합니다.
힘들면 힘들다고 거절하는 용기가 필요합니다.
그런 용기를 표현하지 못할 때
제가 싫어집니다.

나는 일등입니다

세상에는 거절하는 사람보다
승낙해 주는 사람이 더 많습니다.
형부는 늘 나에게 철판이라고 이야기합니다.
조그마한 게 어디서 나오는 자신감인지 모르겠다고 했습니다.
나는 이야기해보고 안되면 어쩔 수 없지만
부탁도 해보지 않고
포기하는 것은 좋은 방법은 아니라고 생각합니다.

가끔 이야기해서 거절도 많이 당해봤지만
그런 거절도 나에게는 용기였습니다.
새로운 것을 시도해보는 것을 나는 용기라고 배웠습니다.
그런 측면에서 나는 항상 일등입니다.

나에게 도망치다

늘 어디론가 한 번씩 도망치고 싶어집니다.

두려워서,

외로워서,

혼자가 싫어서.

삶이 힘들 때

어떤 일을 시작했다가 그만두게 되었을 때

누군가와 다시 시작했다가 헤어졌을 때

나는 도망치거나 숨고 싶어집니다.

오늘도

나는

나에게 도망쳤습니다.

사랑 용기

어떤 말로 시작을 하면 좋을까요?

가슴이 두근거립니다.

아픈 시간들이 지나기도 전에

또다시 혼자만의 아픔으로 남겨질까 두렵습니다.

또다시 찾아올지도 모르는 아픔.

그 아픔이 두렵습니다.

용기가 필요합니다.

좋다

사람들이 살아가면서 '좋다'라는 표현을 언제 가장 많이 할까요?

느낌이 좋습니다. 다가오는 모습이 좋고, 멋있어서 좋고, 웃는 모습도 좋습니다. 쿨 한 성격도 좋고, 고집 있을 것 같아 좋고, 센스 있어서 좋고, 의리도 있는 것 같아 좋습니다. 평범한 나에게 환한 웃음을 주고, 좋아할 수 있는 용기를 주어서 좋습니다.

내가 있어서 좋습니다.
당신이 있어서 좋습니다.
그대가 곁에 있어서 좋습니다.
이유 없이 그냥 좋습니다.
맛있는 거 먹을 수 있어서 좋습니다.
볼 수 있어서 좋습니다.

함께여서 좋습니다.
따뜻해서 좋습니다.
시원해서 좋습니다.

'좋다'라는 표현을 자주 해 보세요.

그럼 '좋다'라는 단어는 당신 것이 됩니다.

아깝다

아깝다.

저 하늘의 구름이 아깝다.

아깝다.

저 하늘의 바람이 아깝다.

아깝다.

지나가는 시간이 아깝다.

아깝다.

세상의 아름다움이 아깝다.

가끔은 실수가 선물을 가져오기도 합니다.

용기 있는 남자

비 오는 날 비 맞고 걸어가는

예쁜 아이를 보면 우산을 씌워 주세요.

신호 대기로 횡단보도에 서 있는

예쁜 멋있는 여자분을 보면 쳐다봐 주세요.

무거운 짐을 들고 걸어가는

예쁜 할머니의 짐도 들어주세요.

당신은 용기 있고 멋있는 남자입니다.

그런 사람

언어가 통하고

눈길이 통하고

마음이 통하는

그런 사람을 만나고 싶습니다.

주인공

우리 삶의 주인공은 바로 '나'입니다.

미안합니다

새벽길 횡단보도에서 말을 건네는 사람이 있었습니다.

친구 하고 싶다고, 자기 스타일이라고 말했습니다.

무서워서 말대답도 하지 않고 뒤도 돌아보지 않았습니다.

가만히 생각해보면 그 사람도 사람이었는데,

그냥 소통하고 싶은 사람이었을지 모르는데,

그 사람도 그때 정말 많은 용기가 필요했을 텐데.

용기를 내지 못해서 미안합니다.

괜찮아요

솔직해도 괜찮아요.

표현해도 괜찮아요.

마음 들켜도 괜찮아요.

허용해도 괜찮아요.

슬퍼해도 괜찮아요.

아파해도 괜찮아요.

사랑해도 괜찮아요.

마음 가는 대로 해도 괜찮아요.

무엇이든 다 괜찮아요.

괜찮아요.

괜찮아요.

결국 다 잘 될 테니까요.

괜찮아요.

정말.

내려놓기

'쓸모없다' 생각되면 버려야 합니다.
도저히 해결할 수 없는 일이라면 생각을 내려놓아야 합니다.
생각해서 고민이 해결된다면 종일 고민하는 것이 맞습니다.
하지만 고민하고 생각해도 답을 구할 수 없다면
내려놓아야 합니다.
내려놓는 것도 현명한 선택이며 용기입니다.
'사람이 살아가면서 가장 힘든 부분이 내려놓고 사는 것'입니다.
오늘 한 번쯤 어떤 것이든 내려놓아 보세요.
생각지도 못한 행복한 시간을 얻게 될 것입니다.

SET A RECORD
23413
DGB 대구은행
3426
대구은행
746

쉬는 타이밍

인생은 타이밍입니다.

선택도 타이밍입니다.

마라톤도 페이스가 중요합니다.

그래야 좋은 기록으로

자기 실력을 발휘하며 완주할 수 있습니다.

힘들 때는 잠시 걸으면서 천천히 가도 됩니다.

힘들면 잠시 쉬어가세요.

호흡하면서.

숨 고르기 하면서.

'천천히'

인생에도 페이스 조절이 필요합니다.

시간 법칙

후회 없이 시간을 보내고 싶나요?

너무 생각하지 말고

너무 기다리지 말고

너무 미련 갖지 말고

너무 두려워하지 말고

지금 이 순간을 온전하게 즐기는 것이 가장 중요합니다.

새처럼 날다

새들은 날개를 수백 번
푸드득 푸드득 해야 높이 납니다.
그래서 연습이라는 한자에는
깃털 두 개 밑에 백 번이라는 단어가 붙어 있습니다.
새는 날개짓을 열심히 해야 떨어지지 않습니다.
사람도 똑같습니다.

세상에 거저 만들어지는 것은 없습니다.
처음부터 잘하는 사람도 없습니다.

매일 반복하고 노력하면서 자신을 만들어가고 있습니다.
대가를 바라는 사람은
그만큼의 연습이 필요합니다.

새가 날개짓을 열심히 해야 떨어지지 않는 것처럼
사람도 매일 살아가는 반복 연습이 필요합니다.
새가 하늘에서 떨어지지 않는 것처럼
사람도 그 자리를 지키며 서 있으려면 말입니다.

다행이다

세상에 외롭지 않은 사람은 없습니다.

알고 보면

가진 사람이나,

가지지 못한 사람이나,

누구나 외로움을 지니고 있습니다.

보기에는 외롭지 않은 것처럼 보이지만

모두 외롭습니다.

외로울 때

외로움을 선택할 줄 아는 것도 용기입니다.

나는 참 다행입니다.

이제는 그 외로움을 즐길 줄 아는 사람이 되었으니까요.

가장 가치 있는 시간은 '최선을 다한 시간'이고

가장 소중한 시간은 '살아있는 지금 이 순간'입니다.

삶 속에서

아무렇지 않은 척 살고 있지만

사실은 삶이 버거울 때가 많습니다.

겉으로는 웃고 있지만

속으로는 울고 있는 날이 더 많습니다.

웃고 우는 삶 속에서

'누구나의 인생'을 배워 갑니다.

시작하라

어차피 사는 삶

어차피 해야 하는 일들

어차피 할 거면 미친 듯이 즐겨야 합니다.

일에 있어서도

사랑에 있어서도

인생에 있어서도

무엇이든지 일단 하겠다고 선택을 하면

먼저 대가를 치른다는 마음으로

미친 듯이 즐겨야 합니다.

힘든 과정에서

고통마저 즐기고 이겨 낸다면

어떤 일을 해도

포기란 없을 것입니다.

그러니 용기 내서 다시 시작하세요.

내 인생 용기도 선택이다

모두 가지 말라는 길을 걸었습니다.

후회할 것이라고 말했습니다.

하지만 저는 그 길에서 두 개의 보석을 얻었습니다.

내 인생 후회 없는 선택이라고 생각합니다.

그 용기를 오늘도 나는 응원합니다.

진실된 마음

항상 진실된 마음으로 이야기하세요.

마음을 주는 것과 여는 것,

모두 용기가 필요합니다.

part 5

누구나 말하는 인생

구름은
바람없이
못가고
인생은
사랑없이
못가네

만들어지는 인생

글을 만드는 것은

사람의 마음을 감동시키기 위한 것이고

기계를 만드는 것은

사람의 생활을 편리하게 하기 위함입니다.

음식을 만드는 것은

미각의 행복을 충족시키기 위함입니다.

만들어 가는 과정에는 노력이 필요합니다.

나의 삶에서 내가 만들어 가는 건 무엇일까요?

우리 인생을 나의 선택권 없이

누군가의 바람으로 만들어 가는 것은 없을까요?

그림자

처음 알았습니다.

달빛에 따라 그림자가 바뀐다는 것을.

처음 알았습니다.

태양과 같은 동일한 능력을 달도 가지고 있다는 것을.

새벽 도쿄의 다리 아래 달빛을 보며 알게 되었습니다.

태양의 위대함과 달빛의 위대함은 동등합니다.

우리의 삶도 크게 다르지 않습니다.

위에 있든

아래에 있든

위대함은 모두 동등합니다.

내 마음

비가 내린 후 세상은 원래의 색을 되찾습니다.

내 마음도 비를 맞으면

처음으로 되돌아 갈 수 있을까요?

비가 내린 후 하늘은 더 맑아집니다.

내 마음도 비를 맞으면

하늘처럼 깨끗해질 수 있을까요?

인생과 청보리

갑자기 안개 맞은 청보리의 이슬과

화창한 날 청보리가 생각납니다.

추억에 젖으면 많은 생각이 떠오르기 마련입니다.

가보고 싶다는 곳에 함께 가서 인생 추억을

하나씩 만들었던 기억이 납니다.

자연이 주는 푸르름과 아름다움은

어떤 것과도 바꿀 수가 없습니다.

하지만 안개 맞은 청보리에 이슬이 사라지듯

인생도 이슬처럼 아련해지겠지요.

나의 인생과

당신의 인생도

청보리에 잠시 내려왔다 사라지는

이슬처럼 사라지겠지요.

인생 등산

힘들게 올라온 산이지만
다시 내려가야 합니다.

사람들은 높은 곳을 향해 도전합니다.
도전한 곳에서 내려오지 않으려고 안간힘을 써보아도
언젠가는 내려오기 마련입니다.
그러니 행복하다는 생각이 들 때
하산하는 방법도 나쁘지 않다고 생각합니다.
시간이 지나면 내려오게 될 테니까요.

바다는 나의 것

살면서 내 옆에 있으면
모두 내 것이라고 생각했습니다.
어느 날 내 것이 아니라고 느꼈을 때
실망을 떨쳐버릴 수 없었습니다.
힘들 때마다 바다를 찾아가
파도 소리를 들으면 기분이 좋아졌습니다.
밀려드는 외로움도 사라졌습니다.
내 옆에 있는 바다,
누가 뭐라 해도 내 것이 될 수 있습니다.
이런 바다가 참 좋습니다.

하루

'오늘도 산다'

'내일도 살아가겠지?'

모든 사람들이 하루를 마감하면서 똑같은 생각을 합니다.

어제도

오늘도

내일도

한 달을

한 해를 살아가고

우리는 그렇게 살아가고 있습니다.

'오늘도 산다'

'내일도 살아가겠지?'

셀카 놀이

예쁜 꽃을 보면
예쁜 동물을 보면
아름다운 자연을 보면
가슴속에 담아두기 위해 셀카 놀이를 합니다.

셀카 놀이를 하면서 알게 된 사실입니다.
사람 일은 아무도 모릅니다.
언제 죽을지 모릅니다.
그래서 항상 웃는 얼굴 남기려고 합니다.
웃는 예쁜 얼굴 남기기.

오늘도 저는 셀카 놀이를 했습니다.

배려

살아가면서 배웁니다.

많은 사람들 중에서 한 사람 한 사람에게 집중하고

관심을 가진다는 것은 쉽지 않습니다.

밤하늘, 여름 바다, 파도 소리를 함께 듣는 사람이 있습니다.

모래사장을 함께 걸어가는 사람이 있습니다.

배려라는 단어를 생각나게 해주는 사람이 있습니다.

'내가 인생 잘 살고 있구나'하는 생각이 듭니다.

새삼 내가 좋아지고 흐뭇해집니다.

배려,

참 따뜻한 단어입니다.

믿음으로

누군가를 만나는 일은 믿음이 정말 중요합니다.

보이는 모습이 전부가 아닙니다.

그 사람을 겪어본 사람은

어떤 나쁜 짓을 하더라도 그 사람을 믿습니다.

좋아서 믿는 것이 아니라,

사랑이라서 믿는 것이 아니라,

진실이 담겨 있다는 것을 알고 있기 때문입니다.

나쁜 행동으로 서로가 오해가 생길지라도

믿음만 있으면 서로가 존중하고 신뢰하게 됩니다.

사람에게 가장 큰 보물은 믿음입니다.

다 잘 될 거야

그 사람은 늘 이렇게 이야기해줍니다.
"괜찮아~~"
"다 잘 될 거야."
"너라면 할 수 있어"

어두운 밤 하늘에 혼자서 일하고 있는 너
혼자서 밤낮으로 일하며 쉬지 못하는 너
하루 종일 서 있어 힘들었다고 말 못 하는 너
욕 얻어먹고 힘들다고 이야기 못하는 너
웃음이 항상 한결같다는 말을 듣는 너
울고 있어도 술 한잔 같이 하자고 말하지 못하는 너
이젠 혼자이고 싶어도 혼자가 될 수 없는 너
외로운 밤을 함께 하자고 말 못하는 너

그 사람은 늘 이렇게 이야기해줍니다
"괜찮아~~"
"다 잘 될 거야."
"너라면 할 수 있어"

새로운 인생을 살아간다는 건

모두 걱정합니다.

힘들어서 어떻게 하노?

하지만 당사자는 그렇지 않습니다.

지금부터 나에게 주어진 건 자유입니다.

살아가면서 혼자 할 수 있는 건 너무나도 많이 있습니다.

늘 누가 옆에 있어야만 행복하고

인생을 바르게 살아가는 건 아닙니다.

새로운 인생을 살아간다는 건

죽어서 다시 태어나

다른 인생을 살아가는 것과 비슷하다고 생각합니다.

새로운 인생을 살아간다는 건

다른 사람은 발견하지 못한 또 하나의 행운이라고 생각합니다.

새로운 인생을 찾았다면 즐겨야 합니다.

다시 찾아올 수 없는 인생,

새로운 인생을 살아가는 건 큰 축복입니다.

내가 경험한 것이 가장 큰 나의 유산이다.

신호등

나에게는 초록색, 주황색, 빨간색 신호등이 있습니다.

나는 지금 초록색 신호등을 건너고 있습니다.

어느 날 초록색이 아닌 주황색 신호등을 보고 깜짝 놀랐습니다.

그리고 생각합니다.

내가 지켜야 하는 신호등이 초록색이라는 것을.

나도 모르게 빨간색 신호에 건널까 봐 두려워질 때가 있습니다.

가장 중요한 예의

서로에 대한 존중은 언어에서 출발합니다.
관계에서 가장 중요한 건 언어가 아닐까요?
어떤 사람을 만나든 나와의 대화에서
불편함을 느끼지 않도록 해야겠다는 생각을 많이 했습니다.

언어가 첫인상만큼 중요한 부분인데
사람들은 습관이나 본인의 모습이 자녀나
다른 사람에게 비춰지는 것에는 별 관심이 없는 것 같습니다.
종종 친했던 사람들이 잘못된 언어로 상처를 주고받아
다시 보지 않게 되는 모습을 많이 보았습니다.
어떤 직업을 가지더라도
가장 기본은 언어라고 생각합니다.

나의 언어에서 존칭어가 습관이 되어버리니
상대방도 쉽게 말을 놓지 않습니다.
어린아이에게도 존칭어를 쓰면 가끔 이상하게 보는 사람도 있지만 감정 언어들을 함부로 내뱉지 않으면 누구를 만나든 소통이 됩니다. 언어가 하나의 무기가 될 수 있습니다.
언어는 삶에서 놓치면 안 되는 가장 중요한 예의라고 생각합니다.

나에 대한 예의.
상대방에 대한 예의.
언어에 대한 예의.
서로에게 언어는 가장 중요한 예의입니다.

함께 만들어 가기

사람들은 여행을 다니고

추억을 만들고

사람을 만나고

인생에서 소중하게 기억될 것을 찾아다닙니다.

특별한 곳에

특별한 사람과 함께 가고 싶은 마음,

혼자서 만들기보다는 누군가와 함께 하고 싶어 합니다.

10년 뒤에 약속한 장소

10년 뒤에 하고 있을 일

10년 뒤에 바뀔 우리의 모습

어떤 인생이든 당신과 함께 만들어 가고 싶습니다.

함께 만드는 것도 인생의 한 부분이니까요.

남자들의 인생

아침에 눈 뜨고 회사

점심 먹고 일

저녁 먹고 술

집에 가서 잠자기

주말에 잔소리 듣기

주말에 운전기사

주말에 방콕

주말엔 가정부

참 힘든 당신,

오늘도 파이팅 하세요.

여자들의 인생

아침에 눈 뜨면 밥

점심에 청소

저녁에 다시 밥

밤까지 집안일

주말에 잔소리하기

주말에 장보기

주말에 모임

주말에 대청소

참 바쁜 당신,

오늘도 파이팅 하세요.

베푸는 삶

“세상에서 가장 어려운 일”이 사람의 마음을 얻는 일입니다.
어디를 가든 돈으로 해결하려는 사람을 만나게 됩니다.
그런 사람을 보면 참 마음이 아픕니다.
상대방이 원하는 것이 그게 아니라는 것을 모르는 눈치입니다.
지갑으로 다 해결된다는 편견, 언제쯤 버리게 될까요?

“베푸는 삶은 지갑의 문제가 아니라 마음의 문제”라는 말이 있습니다. 오늘 하루 돈으로 마음을 얻으려고 한 것은 아닌지 살펴보았으면 좋겠습니다.

삶이란

삶이란
누가 대신 만들어 주는 것이 아니라
내가 만들어 놓은 하나의 결과물입니다.

삶이란
아무도 거닐지 않은
모래사장을 걷고 나면
잔잔한 파도가 다시 치고 가는 것입니다.

삶이란
가꿀수록 빛나는 것이고
살아갈수록 애착이 가는 것입니다.

혼자 하는 여행

가끔은
혼자 하는 여행이 좋습니다.

가끔은
높은 산 정상에서 마음껏 소리 질러 봅니다.
내 마음이 후련해질 때까지.

가끔은
음악을 크게 틀어 놓고
목이 터져라 노래 부르곤 합니다.
스트레스가 도망갈 때까지.

가끔은
혼자 소리 내어 울어도 봅니다.
마음 상처가 잊힐 때까지.

가끔은
혼자 하는 여행이 좋습니다.

그곳에서 나는 '또 다른 나'를 만납니다.

인생의 목표

인생이 등산이라면

인생이 여행이라면

인생이 마라톤이라면

어떤 인생이라도 목표는 있을 겁니다.

오늘만 산다면

이젠 장례식장을
아무렇지 않게 무덤덤하게 들어가는
내 모습에 가끔씩 놀라게 됩니다.
그만큼 익숙해졌다는 의미일까요?
상주와 절을 하고
친구를 안아주며
"괜찮아?"
"힘들지?"
두 마디에 눈물바다가 됩니다.

항상 사람들은 죽은 자에게 해주지 못한 것이 생각나
가장 미안하다고 말합니다.
'후회된다'라는 말을 듣게 될 때마다 쓸쓸함이 느껴집니다.

사람 일은 아무도 알 수 없습니다.
오늘만 산다면
과연 어떤 삶을 선택하며 살아가고 있을까요?
오늘만 산다면.

인생은

인생은 잊혀지지 않는 하나의 긴 추억 여행입니다.

아름다운 여행이길 소망하지만

아프고 힘들고 슬픈 여정도 감당해야 합니다.

뒤돌아보고 싶지 않은 것도

아쉬움에 발길이 떨어지지 않는 것도

모두 감당해야 합니다.

우리가 해야 할 일은

주어진 여행을 아름답게 마무리하는 일입니다.

인생의 무게

편견은 쉽게 지워지지 않나 봅니다.

열 번을 잘해도 한 번의 실수에 용서가 되지 않는 사람이 있습니다.

항상 한결같았지만 독하게 떠나가는 사람을 보면서,

두 번 다시 뒤돌아보지 않는 사람을 보면서,

무서운 사람들이 많다는 것을 오늘 새삼 알게 되었습니다.

인생의 무게를 다시 느끼는 하루였던 것 같습니다.

지나간 시간은 돌아오지 않는다는 것을

다시 한번 가슴에 새겨봅니다.

오늘 배운 인생

머뭇거리지 말고

두려워하지 말고

마음이 원하는 일을 하고

마음이 원하는 사람을 만나야 합니다.

오늘 인생 학교에서 배운 수업 내용입니다.

인생 법칙

인생을 살아가는데 가장 중요한 것은
나를 믿고,
사랑하고,
스스로에게 확신을 갖는 것입니다.
이 세 가지를 잊지 않는다면 당신은 사랑과 일,
모두 성공하는 인생을 살게 될 것입니다.

인생이란
정답을 가지고 살아가는 것이 아니라
살면서 정답을 만들어가는 것입니다.
사랑 또한 정답이 따로 있는 것이 아니라 살면서
정답을 알아 가는 과정입니다,

인생이든 사랑이든 완벽한 정답은 없습니다.
오답이 계속되는 것
그것이 사랑이고 인생입니다.

괜찮아요

방황해도 괜찮고,

실패해도 괜찮아요.

모르면 물어서 알면 되고,

틀리면 고치면 되고

잘못했으면 뉘우치면 됩니다.

이렇게 생각하면

넘어져도 두렵지 않습니다.

오히려 연습할 기회가

많아진 셈입니다.

내가 내 인생의

주인으로 살아가는 방법,

'괜찮아요'입니다.

혼자라는 사실

혼자 있는 시간을 만들어야 합니다.
채움을 목표로 삼았던 방식을
조금씩 비움으로 옮겨야 합니다.

우린 어차피 혼자 잠시
이 지구로 여행을 온 것이고
여행을 마치고 되돌아갈 때
또다시 혼자가 되어야 한다는 것을
잊지 말아야 합니다.

삶에도 연습이 있었다면

'사랑의 연습이 있었다면'이라는 노래 제목처럼
'삶에도 연습이 있었다면'
우리의 인생은 어떠했을까요?

삶의 연습이 있었다면
성공적인 삶을 살고 있을까요?
실패를 두려워하지 않고
어떤 삶이든 열심히 살아가고 있을까요?

행복한 시

아무도 내 인생을 지금처럼 이렇게 살라고
정해준 사람은 없습니다.
내 삶은 내가 선택한 결과입니다.
순간순간 나 자신을 위해 선택한 결과가 지금의 나를 만들었습니다.
"내 인생은 내가 만들어 간다"
이 간단하고 명확한 사실을 깨닫는 순간
인생을 바꾸는 또 다른 혁명이 시작됩니다.

어제보다 더 많이 웃는 행복한 하루 보내자!
내 인생! 파이팅!

한결같이

"잘하겠다"는 정성입니다.

"더 잘하겠다"는 노력입니다.

"영원히 사랑한다"는 행복입니다.

"감사합니다"는 편안함입니다.

마음이 늘 한결같으면 좋겠다는 생각을 합니다.

일도,

사랑도,

행복도.

나를 감싸 안는 따뜻한 시 문장들
오래 보아야 예쁘다
너도 그렇다
나태주 엮고
광화문 〈가장 사랑받은 글판〉 1위
'풀꽃' 나태주 시인이 전하는 사랑과 위로와 휴식의 시
RHK

마치는 글

있는 그대로의 자신이 가장 아름답고 사랑스러울 때가 있습니다.

삶에 있어서 가장 중요한 건 자기 자신을 먼저 사랑하는 법을 배우는 것에 있다고 생각해요. 그리고 마음 가는 일에 도전해보는 것도 중요한 것 같아요. 사랑이든 일이든 말이에요. 일상속에서 경험을 통해 알게된 생각이나 감정을 글로 표현하면서 살아가고 있어요. 울고 싶을 땐 감정 터뜨리며 소리 내어 울어보기도 하고, 소소한 것에 행복해하고 감사하면서 말이에요. 스트레스받으면 여행가서 힐링도 하고, 큰일이 생기더라도 너무 부산스럽지 않게 해결하기 노력하면서 하루 하루를 보내고 있어요.

마음이 곱다, 있는 그대로가 가장 예쁘다,라는 말을 들을 때마다 생각나는 시가 있어요.

자세히 보아야 예쁘다. 오래 보아야 사랑스럽다.
너도 그렇다.

참 공감 가는 말인 것 같아요. 자세히 보지 않고 겉모습만 보고 너무 빨리 모든 것을 결정하고 판단하는 것은 아닐까요? 좀 더 자세히 바라봐 주고, 좀 더 오래 보고, 좀 더 기다려준다면 상대방의 마음이 들리지 않을까요?

사랑이나 행복은 우리 자신의 마음에서부터 시작되니까요.

생각을 담다
마음을 담다
도서출판 담다

마음이 간다

이유없이 네가 좋다

초판 1쇄 2019년 11월 20일
글. 사진 박현정 (가인작가)

디자인 고현경
발행처 담다
발행인 김수영
제작 네오시스템
등록번호 제25100-2018-2호
주소 대구광역시 달서구 조암로 25
메일 damdanuri@naver.com
블로그 blog.naver.com/damdanuri
문의 070-7520-2645
팩스 070-2645-8707

ISBN 979-11-89784-04-1 (03810)
책값은 뒤표지에 표시되어 있습니다.
잘못된 책은 구입하신 서점에서 바꾸어 드립니다.

이 도서의 국립중앙도서관 출판예정도서목록(CIP)은 서지정보유통지원시스템 홈페이지(http://seoji.nl.go.kr)와 국가자료종합목록 구축시스템(http://kolis-net.nl.go.kr)에서 이용하실 수 있습니다.